CAMi

a un bébé

par

JACQUES DUQUENNOY

_ Ouiiin !

_ Qu'est-ce que j'entends ?
C'est mon bébé
qui pleure...

— Qu'est-ce que tu as,
mon bébé ?
Tu n'arrives pas
à dormir ?

— Tu as de la fièvre ?
— Non.

\- Tu as froid ?
\- Non.

— Tu as fait un cauchemar ?
— Non.

\- Tu veux ta poupée ?
\- Non.

_ Tu as soif ?
_ Non.

— Tu as envie
de faire pipi ?
— Non.

— Ben, qu'est-ce que tu veux, alors ?

– Un bisou dans le cou.

Maintenant,
le bébé de Camille
peut se rendormir...

Et Camille aussi.